AF356744

30 Mai 1884.   V

VENTE

DE Mme M. LASSENY

ARTISTE DRAMATIQUE

BEAU

MOBILIER ARTISTIQUE

TAPISSERIES

Me ESCRIBE

COMMISSAIRE-PRISEUR

6, rue de Hanovre, 6

M. A. BLOCHE

EXPERT

44, rue Laffitte, 44

IMPRIMERIE DE L'ART

CATALOGUE

D'UN

BEAU MOBILIER ARTISTIQUE

DES

XVIᵉ, XVIIᵉ ET XVIIIᵉ SIÈCLES

Meubles de style
Belle Boiserie et Alcôve de chambre à coucher
Grand Lit de milieu — Grande Toilette à glaces triptyque
Magnifique Dressoir — Bahuts — Crédences — Coffres
Portes et Cheminées monumentales en bois sculpté
Grand Orgue, style gothique
Nombreuses Croisées garnies de vitraux peints
Glaces avec encadrements Louis XIII

TRÈS BELLE TAPISSERIE AU PETIT POINT HENRI II

Panneaux à personnages et verdures

Suite de trois jolies Tapisseries, sujets mythologiques, époque Louis XIV

RICHES TENTURES BRODÉES EN VELOURS ET EN SATIN

Étoffes — Tapis — Rideaux
Porcelaines — Faïences — Argenterie — Objets de vitrine

Lustres — Suspensions — Appliques — Lanternes

en fer forgé et en cuivre ouvré

Curiosités diverses

Provenant de l'Hôtel de Mᵐᵉ M. LASSENY

ARTISTE DRAMATIQUE

ET DONT LA VENTE AURA LIEU

HOTEL DROUOT, SALLE Nᵒ 1

Les Vendredi 30 et Samedi 31 Mai 1884, à 2 heures 1/4

Mᵉ ESCRIBE	M. A. BLOCHE
COMMISSAIRE-PRISEUR	EXPERT
6, rue de Hanovre, 6	44, rue Laffitte, 44

EXPOSITIONS

PARTICULIÈRE	PUBLIQUE
Le Mercredi 28 Mai 1884	Le Jeudi 29 Mai 1884
DE 1 HEURE 1/2 A 5 HEURES 1/2	DE 1 HEURE A 5 HEURES

CONDITIONS DE LA VENTE

Elle sera faite au comptant.

Les acquéreurs *paieront 5 0/0* en sus des enchères, applicables aux frais de la vente.

L'exposition mettant le public à même de se rendre compte de l'état des objets, il ne sera admis aucune réclamation une fois l'adjudication prononcée.

Paris. — Imprimerie de l'Art, J. Rouam, 41, rue de la Victoire.

DÉSIGNATION DES OBJETS

MEUBLES

1 — Grand et magnifique dressoir en bois sculpté, offrant sur les panneaux de jolis bas-reliefs exécutés d'après les cartons de la Renaissance.

2 — Jardinière en bois sculpté, offrant des compositions allégoriques en bas-relief. Époque Renaissance.

3 — Très beau lit de milieu en bois sculpté de la Renaissance, offrant aux angles des animaux symboliques très en ressaut sur des bandeaux à godrons.

4 — Beau meuble dit Contador, richement orné d'incrustations et garni de cuivres.

5 — Petit guéridon-support en bois sculpté, à cariatides et rocailles. Style Louis XV.

6 — Beau coffre en bois sculpté, époque Louis XIII, offrant sur la façade et sur les côtés des sujets allégoriques en bas-relief.

7 — Table de nuit en bois sculpté. Style Louis XIII.

8 — Deux chaises à hauts dossiers couvertes en brocart.

9 — Petite table en noyer.

10 — Joli petit divan en velours de Gênes, dessins à fleurs brodées d'or en relief.

11 — Chaise en bois sculpté Louis XIV, couverte en satin.

12 — Deux chaises en bois sculpté couvertes en satin broché.

13 — Meuble à deux corps en bois sculpté. Époque Louis XIII.

14 — Petite table de la Renaissance sur six pieds.

15 — Fauteuil en bois sculpté Louis XIV, couvert en velours de Gênes.

16 — Grande et belle toilette en bois sculpté avec dessus en marbre et tablettes à consoles supportant un triptyque en glaces avec encadrement en bois sculpté, à fronton et orné de bras d'applique en forme de lampes grecques. Beau travail en majeure partie du XVIIe siècle.

17 — Armoire en bois sculpté. Style Renaissance.

18 — Table de toilette en bois sculpté avec piétement à arcades. Style Renaissance.

19 — Jardinière en bois sculpté, offrant des sujets mythologiques en bas-relief.

20 — Jolie banquette en noyer sculpté. Style Renaissance.

21 — Petite banquette couverte en peluche vieil or.

22 — Grande et belle jardinière en bois de fer finement sculpté, partie à jour. Travail chinois.

23 — Grand et beau meuble à deux battants en bois sculpté, décoré de marqueterie hollandaise. Époque Louis XIII.

24 — Crédence en bois sculpté. Style gothique.

25 — Meuble vitré supporté par une console en bois sculpté Renaissance.

26 — Pannetière en bois sculpté. Époque Louis XV.

27 — Deux siéges en bois sculpté couverts en cuir de Cordoue.

28 — Deux escabeaux en bois sculpté. Style Renaissance.

29 — Petit portail Louis XIII, à armoiries et colonnettes en bois sculpté.

30 — Coffre-fort de Motheau.

31 — Chaise en paille et bois sculpté. Louis XIV.

32 — Petite table à volets en noyer.

33 — Très belle baignoire en bois sculpté, décorée de sujets en bas-relief. XVIᵉ siècle.

34 — Toilette en bois sculpté, époque Louis XIII, avec dessus et tablette en marbre rouge.

35 — Belle armoire en palissandre, à trois portes, garnie de glaces biseautées.

36 — Secrétaire en bois sculpté. Style Renaissance.

37 — Table en bambou et porcelaine du Japon.

BOIS SCULPTÉS

38 — Grande et belle cheminée monumentale avec trumeau renfermant un portrait d'infante. Style XVIe siècle.

39 — Très belle décoration d'alcôve et de chambre à coucher en bois sculpté, composée de portes à arcades garnies de vitraux peints, de nombreux panneaux de cimaise et de lambris. Travail du XVIe siècle et dans le style de l'époque.

40 — Cheminée en bois sculpté. Style Renaissance.

41 — Porte en bois sculpté à un battant, décorée de fleurs de lis et d'ornements. XVIe siècle.

42 — Jolie porte en bois sculpté avec montants à colonnes, garnie de vitraux peints. Époque Louis XIII.

43 — Deux groupes de plusieurs personnages en bois sculpté. XVIe siècle.

44 — Glace ovale avec cadre en bois sculpté.

45 — Quatre panneaux en bois sculpté. xvi siècle.

46 — Deux consoles en bois sculpté représentant des têtes de chérubins et des volutes. Époque Louis XIII.

47 — Console en bois sculpté. Époque Louis XIII.

48 — Grande et belle cheminée monumentale avec trumeau et encadrement à fronton. Style xvi siècle.

49 — Très belle glace biseautée avec riche cadre en bois sculpté. Époque Louis XIII.

50 — Grand et bel orgue en bois sculpté, forme monumentale, de style gothique.

51 — Belle porte à un battant avec encadrement en bois sculpté. Époque de la Renaissance.

52 — Belle porte à deux battants en bois finement sculpté, partie à jour. xvi siècle.

53 — Porte avec montants et fronton en bois sculpté. xvi siècle.

54 — Glace biseautée avec cadre en bois sculpté. Renaissance.

TAPISSERIES

55 — Très beau panneau en tapisserie au petit
point représentant de gracieuses compositions champêtres avec figures de gentils-
hommes et de châtelaines. Époque Henri II.
Cadre en bois.

56 — Suite de trois belles tapisseries à sujets
mythologiques, composées de petits personnages gracieusement groupés dans des parcs
ou des paysages avec vues de monuments
et de châteaux. Époque Louis XIV.

57 — Deux beaux panneaux représentant de riants
paysages arrosés par des cours d'eau, ani-
més de bateaux et d'oiseaux. XVIIIe siècle.

58 — Portière en tapisserie dite *verdure*.

59 — Beau panneau en tapisserie représentant la
toilette de Vénus; jolie composition à petits
personnages dans un parc avec jolie bordure. XVIIIe siècle.

60 — Trois tapisseries dites *verdures* avec oiseaux
et vues de châteaux, avec bordures.

61 — Quatre beaux panneaux en tapisserie, sujets allégoriques à personnages. XVIᵉ siècle.

62 — Portière en tapisserie dite *verdure*.

63 — Très beau couvre-pied au petit point et brodé avec médaillon à sujet allégorique, fond à entrelacs et fleurs.

TENTURES — ÉTOFFES — TAPIS

64 — Magnifique portière en ancien velours rouge ornée de superbes broderies de l'époque Louis XIII, avec passementeries et cordelières assorties.

65 — Très belle portière en satin jaune ornée de riches broderies de l'époque Louis XIII, avec passementeries et cordelières assorties.

66 — Belle portière en satin jaune relevée à l'italienne, ornée de broderies de l'époque Louis XIII, avec passementeries et cordelières assorties.

67 — Tenture complète, en peluche capucine, du cabinet de toilette.

68 — Paire de grands rideaux et deux portières en
    peluche verte avec lambrequins et bandeaux
    en broderie de la Renaissance.

69 — Chemin pour escalier d'un étage.

70 — Tapis en moquette couvrant un petit salon.

71 — Tapis couvrant la salle à manger.

72 — Tenture complète de la salle à manger en cuir
    dit de Cordoue, riche dessin à rehauts
    d'or.

73 — Jolie décoration de croisée en peluche couleur
    bleu paon avec bandeau en satin broché
    d'argent.

74 — Chemin d'escalier avec toile et ses tringles en
    cuivre.

75 — Tenture d'escalier en velours de chasse bleu
    côtelé.

76 — Tenture d'antichambre en peluche verte.

77 — Petit tapis en velours de Perse. XVIe siècle.

78 — Tapis en velours vert avec armoirie et bordure
brodées. XVIᵉ siècle.

79 — Tenture de chambre à coucher en cuir dit de
Cordoue, fond d'or à fleurs.

VITRAUX

80 — Porte garnie de beaux vitraux peints, allégo-
ries de la Musique et de la Peinture.

81 — Deux croisées garnies de beaux vitraux peints
à fleurs et feuillages.

82 — Deux portes à deux battants garnies de beaux
vitraux peints, sujets allégoriques.

83 — Quatre châssis de croisées garnis de jolis
vitraux peints.

84 — Beau plafond tout en vitraux peints à fleurs.

85 — Beau vitrail offrant deux compositions allégoriques et des armoiries.

86 — Deux vitraux peints garnissant des châssis de
croisées.

87 — Trois croisées à deux vantaux garnies de
beaux vitraux peints à médaillons et bordures fines.

88 — Deux châssis de croisées garnis de vitraux
peints.

CUIVRES, FERS, BRONZES

89 — Belle lanterne en fer forgé garnie de vitraux
peints. Style Louis XIII.

90 — Suspension en cuivre repercé de la Renaissance.

91 — Très beau lustre en fer forgé. Style Louis XV.

92 — Deux chenets avec leurs accessoires en fer.
Style XVI⁰ siècle.

93 — Lustre à six lumières en cuivre poli. Style
XVI⁰ siècle.

94 — Très belle suspension en fer forgé et repercé.
Style Moyen-Age.

95 — Deux lampes-suspensions d'applique en fer
forgé et repercé. Même style.

96 — Deux landiers avec grilles en fer et accessoires. Style du XVIᵉ siècle.

97 — Trois plats en étain. Louis XV.

98 — Deux lanternes processionnelles en fer forgé
et repoussé. XVIᵉ siècle.

99 — Lanterne-suspension en cuivre.

100 — Lanterne d'applique en fer forgé garnie de
vitraux dorés. Style Louis XIII.

101 — Lanterne en cuivre.

102 — Lampe à quatre branches en cuivre. Louis XIII.

103 — Deux chenets avec accessoires en cuivre
poli.

104 — Vasque en cuivre supportée par trois griffes.
XVIIᵉ siècle.

105 — Aiguière en cuivre ouvré. Style gothique.

106 — Chimère en cuivre formant aiguière.

107 — Deux candélabres en cuivre. Style du XVIᵉ siècle.

108 — Deux flambeaux en cuivre poli. Louis XIII.

109 — Deux chenets en fer forgé.

110 — Trépied en fer forgé.

111 — Miroir biseauté avec encadrement en cuivre
poli.

112 — Flambeau en cuivre, style Renaissance.

113 — Beau portemanteau en bronze poli.

ÉMAUX CLOISONNÉS

114 — Paire de vases en émail cloisonné du Japon,
décor polychrome.

ARGENTERIE

115 — Beau vase bourdaloue en argent, décoré de
figures d'amours tenant une guirlande, avec
armoirie.

116 — Coupe ronde en argent ornée de pièces
anciennes.

117 — Deux petites coupes en argent, Louis XIII.

PORCELAINES

118 — Fontaine en ancienne porcelaine du Japon, décor polychrome.

119 — Coupe en porcelaine de Chine montée en bronze.

120 — Vase en porcelaine de Chine.

121 — Coupe en porcelaine de Chine montée en bronze.

122 — Grosse potiche en ancienne porcelaine de Chine, décor bleu sur blanc.

123 — Petite chaise à porteurs en porcelaine moderne.

124 — Groupe en porcelaine : la Jardinière.

125 — Cornet en porcelaine du Japon, décor bleu sur blanc.

126 — Porte-bouquet en cristal émaillé et doré.

127 — Deux tabourets forme barils en porcelaine du Japon.

FAIENCES

128 — Trois lions en faïence de Nevers.

129 — Trois bacs en faïence de Nevers, décor bleu sur blanc.

130 — Deux poêles en terre d'Épernay, décor dit flambé.

131 — Plat en faïence de Delft.

132 — Grande et belle potiche en faïence de Nevers, riche décor en camaïeu bleu.

133 — Corbeille en faïence de Saint-Clément.

134 — Groupe de : Vierge et Enfant, en faïence de Nevers.

135 — Chaise percée en faïence de Rouen, décor bleu sur blanc.

OBJETS DE VITRINE

136 — Miniature représentant un paysage.

137 — Deux petites aiguières en verre et filigrane d'argent.

138 — Petit groupe en bois sculpté : la Vierge et
l'Enfant.

139 — Étui de nécessaire en cuivre repoussé. Époque
Louis XV.

140 — Petit étui en nacre.

141 — Divinité en bronze d'Orient.

142 — Deux petits brûle-parfums en bronze japonais.

143 — Petite boîte en ivoire burgauté de Chine.

144 — Petit groupe en ivoire japonais.

145 — Groupe de pierre de lard.

146 — Petite tasse en filigrane d'or émaillé.

147 — Miniature : sujet galant, peinture en grisaille
de *Klingstedt*.

148 — Peinture sur émail en grisaille.

149 — Jolie tasse avec couvercle et soucoupe en
écaille piquée d'or. Époque Louis XV.

150 — Deux coupes argentées.

MARBRE

151 — Buste de jeune fille en marbre, de *Branca*.

MEUBLES ET OBJETS DIVERS

152 — Armoire de lingerie, tables de fantaisie en
bambou, en paille; glaces encadrées d'étoffe,
buffets, tables de cuisine, batteries de cuisine en cuivre, objets divers.

153 — Objets non catalogués.